Dieses Buch gehört

_____

Büchersterne

Liebe Eltern,

Lesenlernen ist eine Meisterleistung. Es gelingt nur Schritt für Schritt. Unsere Erstlesebücher in drei Lesestufen unterstützen Ihr Kind dabei optimal. In den Büchern für die 2./3. Klasse tritt das Bild zurück, der Textanteil wird größer und anspruchsvoller.
Mit beliebten Kinderbuchfiguren von bekannten Autorinnen und Autoren macht das Lesenlernen Spaß. Ein Leserätsel im Buch lädt zur spielerischen Auseinandersetzung mit dem Text ein. So werden aus Leseanfängern Leseprofis!

Manfred Wespel

Prof. Dr. Manfred Wespel

PS: Weitere Übungen, Rätsel und Spiele gibt es auf www.LunaLeseprofi.de. Den Schlüssel zu Lunas Welt finden Sie auf Seite 57.

Büchersterne – damit das Lesenlernen Spaß macht!

Mit Lunas Leserätsel

Erhard Dietl

Die Olchis
sind da

Verlag Friedrich Oetinger · Hamburg

Inhalt

1. So sind die Olchis

Olchis mögen keine Schokolade. Und auch kein Eis und keine Bonbons. Sie mögen keinen Pudding und keine Spaghetti. Sie mögen überhaupt nichts von den Sachen, die uns gut schmecken. Olchis mögen viel lieber scharfe Sachen und Fauliges und Bitteres. Sie kauen gern alte Gummireifen, knabbern an verrosteten Blechbüchsen und pudern sich mit einer Dose Pfeffer!

Ihre scharfen Zähne knacken Glas und
Metall.
Wenn etwas muffelt und stinkt, dann sagen
sie: „Mmm! Riecht das aber olchig!" Und
sie atmen tief ein, so wie wir, wenn es nach
frischem Gras oder Kuchen duftet.

Olchis wühlen gern in Müllbergen herum.
Sie holen sich leckere Sachen aus dem Müll.
Am meisten freuen sie sich, wenn sie etwas
finden, das schön stinkig und vergammelt
ist. Zum Beispiel eine alte Tube mit einem
Rest Zahnpasta oder eine kleine Flasche
Fahrradöl, das trinken sie besonders gern.
Sie mögen auch alte Regenschirme, rostige
Dosen, Nägel, Schuhsohlen und Fischgräten.
Die schmecken so gut in Stinkerbrühe.

Die Olchis wohnen auf der Müllkippe des kleinen Städtchens Schmuddelfing. Auch bei den Autobahnen halten sie sich gerne auf, da sie die Auspuffgase so gern riechen.
Wenn die Autos vorbeirauschen und die Luft schön stickig wird vom Autodreck, sagt die Olchi-Mama zu ihren Kindern: „Heiliger Müllsack, ist das nicht ein wundervolles Lüftchen?"
Dann schließen die Olchi-Kinder genießerisch die Augen und recken die dicken Knubbelnasen in die Luft.

Die Olchis selber verströmen auch einen ziemlich olchigen Geruch. So richtig schön schwefelig, faulig und sumpfig. Nur die Fliegen mögen den Olchi-Geruch gern. Deshalb sind die Olchis immer von Fliegenschwärmen umgeben wie die Kühe in den Ställen. Aber wenn die Olchis gähnen, dann stürzen die Fliegen ab und fallen auf den Fußboden. Den Mundgeruch der Olchis hält keiner aus!

Olchis haben keine Ohren. Dafür wachsen ihnen drei spitze Hörner mitten auf dem Kopf. Mit diesen Hörhörnern hören die Olchis alles. Sie hören auf hundert Meter Entfernung, wie sich ein Regenwurm in die Erde bohrt.
Sie hören Ameisen husten und die Gänseblümchen wachsen.
Wenn die Olchis ihre Hörhörner einmal waschen würden, könnten sie noch viel besser hören. Aber Olchis waschen sich nie. Wozu auch? Sie stinken fein und hören gut genug.

Olchis sind unheimlich stark! Einmal wollten Olchi-Mama und Olchi-Papa morgens einfach nicht aus dem Bett.
Aber das Olchi-Kind wollte unbedingt mit ihnen Schlammpfützen springen und Matschknödel werfen.
Da hat das Olchi-Kind den Olchi-Papa und die Olchi-Mama einfach mitsamt dem Bett hochgehoben und aus der Höhle getragen.

Mit einer Hand! Und dann hat es die beiden
in die Pfütze gestellt.
So stark sind die Olchis.

12

Und obwohl sie so viel Kraft haben, sind sie doch ziemlich stinkefaul und bequem.
Am liebsten liegen sie den ganzen Tag auf einem rostigen Benzinkanister in der Sonne und warten darauf, dass es endlich wieder regnet.
Denn Regenwetter ist Olchi-Wetter.

„Morgen ist vielleicht auch noch ein Tag",
sagen sie und gähnen. Sie reißen dabei den
Mund weit auf und der Geruch lässt ein paar
Fliegen tot zu Boden fallen.
Du siehst, Olchis sind sehr freundliche und
nette Wesen. Wenn du zu jemandem sagst:
„Du bist aber ein Olchi!", dann ist das sicher
kein Schimpfwort.

2. Die Olchis packen den Koffer

Wenn die Olchis vom vielen Nichtstun müde geworden sind, kommen ihnen manchmal die tollsten Ideen.

So wie jetzt. Der Olchi-Papa dehnt und streckt sich und ruft: „Muffel-Furz-Teufel! Ich fühle mich so abgeschlafft. Ich brauche unbedingt Erholung. Vielleicht sollten wir ein bisschen ans Meer fahren!"

Olchi-Oma ist davon gar nicht begeistert. Sie sagt: „Die frische Luft dort wird mir bestimmt nicht guttun."

Sie schüttelt heftig ihren Zottelkopf und die steifen Olchi-Haare scheppern wie Metall. Olchis schneiden ihre Haare nie. Sie sind viel zu hart und zäh, keine Schere kann das schaffen.

Aber die Olchi-Kinder sind begeistert. „Schleime-Schlamm-und-Käsefuß!", rufen sie. „Am Meer können wir wieder Sand essen und Salzwasser trinken!"

Olchi-Opa freut sich nicht besonders. „Das ist keine gute Idee, beim Krötenfurz. Dort gibt es viel zu viel Wasser! Wir werden alle ertrinken."

„Opa, du bist ein Angsthase!", rufen die Olchi-Kinder lachend. „Es wird Zeit, dass du endlich schwimmen lernst."

„Dafür bin ich mit meinen 965 Jahren doch schon viel zu alt", brummt Olchi-Opa.

„Ach was, schlapper Schlammlappen", meint da Olchi-Oma, „am besten fängst du gleich mal an und übst ein bisschen."

Sie holt ein großes altes Ölfass und füllt es bis zum Rand mit Wasser.

„Zuerst mal musst du dich an nasses Wasser gewöhnen", erklärt sie.

„Meine Güte, ich hab doch erst vor vierundachtzig Jahren gebadet!", jammert Olchi-Opa.

„Du hast dich nicht gebadet! Du bist in den Regen gekommen", sagt Olchi-Oma und lacht.

Olchi-Opa findet das gar nicht lustig. Nur sehr widerwillig steigt er in das Wasserfass.

„Bravo, Opa!", lobt ihn Olchi-Papa. „Jetzt ruderst du mit deinen Armen und dann ruderst du mit deinen Beinen und dann hältst du den Kopf schön oben …"

Olchi-Opa klammert sich ganz fest an den Rand und hält die Luft an. Seine Knubbelnase ist vor Angst hellgrün geworden. Dann stößt er seine allerschrecklichsten Olchi-Flüche aus: „Lausiger Gräterich! Rostige Schrottpampe! Grindiger Stinkstiefelfurz!"
Mit einem gewaltigen Satz springt er aus dem Fass und schüttelt sich wie ein nasser Hund.

Olchi-Papa meint: „Ich glaube, das genügt fürs Erste. Für den Anfang war das schon recht gut. Wenn wir am Meer sind, üben wir Rückenschwimmen und Kraulen."
Dann holt die Olchi-Mama den großen Koffer. Alle fangen an einzupacken: eine alte Sperrmüll-Matratze zum Draufliegen. Eine Flasche Fahrradöl gegen den Durst. Flutschi, die Fledermaus, in ihrem Vogelkäfig und die

Marmeladengläser mit den Kaulquappen und
Regenwürmern, zum Spielen für die Olchi-
Kinder.
Für Olchi-Baby packen sie die Schlange
Alfred ein. Die ist sein Lieblings-Spielzeug.

Olchi-Mama nimmt ihren zerfledderten Strohhut mit, der so gut nach Sperrmüll riecht. Olchi-Papa legt einen langen Bordstein in den Koffer.

„Den brauch ich als Kopfstütze zum Lesen", erklärt er.

„Du kannst doch gar nicht lesen!", sagt Olchi-Mama zu ihm.

„Aber das Wort gefällt mir so gut", meint Olchi-Papa. „Lesen klingt wie verwesen. Und wie Besen. Was hab ich neulich für einen köstlichen alten Besen gefressen!"

Olchi-Papa schleckt sich die Lippen.

Olchi-Oma holt ihr altes Grammofon und einen Stapel Schallplatten.

„Bei meinem ranzigen Spülschwamm", brummt sie. „Das brauch ich, damit ich mir nicht die ganze Zeit das blöde Meeresrauschen anhören muss."

3. Die Olchis am Strand

Endlich kann es losgehen! Die Olchis holen
Feuerstuhl, den grünen Drachen, aus der
Garage. Alle setzen sich hintereinander auf
seinen schuppigen Rücken.
„Spotz-Rotz!", ruft Olchi-Papa laut. Das ist
das Signal für Feuerstuhl. Er schnaubt, stößt
eine gelbe Rauchwolke aus und donnert los.
Wenn er auf vollen Touren ist, klingt er wie
ein riesengroßer Staubsauger.

Die Olchis klappen ihre Hörhörner weit
nach hinten, damit sie von dem Lärm nicht
taub werden. Feuerstuhl schlägt ein paar-
mal kräftig mit seinen Flügeln und dann
steigt er hoch in die Luft.
Zum Spaß fliegt er ein paar Loopings und
scharfe Kurven. Er saust im Sturzflug
steil nach unten und bremst erst in letzter
Sekunde kurz vor den Baumwipfeln.

Den Olchis kribbelt es dabei im Bauch wie in einer Achterbahn.
Sie krallen sich ganz fest in die Drachenhaut und singen aus voller Kehle das Olchi-Lied:

„Fliegen-Schiss und Olchi-Furz,
das Leben ist doch viel zu kurz!
Wir lieben Schlick und Schlamm und Schleim,
das Leben kann nicht schöner sein!"

So kommen die Olchis gut gelaunt ans
Meer.
Plötzlich fängt das Olchi-Baby an zu plärren,
denn es hat seinen schönen glatten Schnuller-
stein verloren. Aber die Olchi-Kinder finden
zum Glück schnell einen Ersatz. Sie stecken
Olchi-Baby eine leere Plastikflasche in den
Mund. Jetzt ist es wieder zufrieden.
Am Strand ist ein Haufen Müll angeschwemmt
worden. Alte Plastikeimer, ein Benzinkanister,
verrostete Büchsen, eine verbogene Gabel,
Glasscherben, jede Menge Teer und ein
kaputter Sonnenschirm-Ständer liegen herum.

„Wie wunder-wunder-wunderschön!", ruft
Olchi-Mama entzückt.
Aber Olchi-Opa jammert. „Mir wird jetzt schon
schlecht von der vielen frischen Luft", ruft
er und sieht auch wirklich schon ganz käsig
aus.

Er nimmt einen kräftigen Schluck von dem
Fahrradöl, spuckt in die Hände und reibt
seine dicke Knubbelnase ein, damit sie
keinen Sonnenbrand bekommt.

Alle setzen sich in den Sand. Die Olchi-
Kinder essen von dem weichen Sand und
trinken das leckere salzige Meerwasser.

Olchi-Mama setzt den Sperrmüll-Hut auf und
kaut an ein paar grünen Algen.
Olchi-Oma sitzt mit dem Rücken zum Meer.
Sie mag das Meer nicht ansehen. Es ist ihr
viel zu sauber. Sie spielt ihre Schallplatten
auf dem Grammofon.

Olchi-Papa schiebt Olchi-Opa ins Wasser.
„Jetzt geht's los mit dem Schwimmkurs!",
befiehlt er. „Schleime-Schlamm-und-
Käsefuß! Du musst immer locker bleiben
und die Arme bewegen wie ein Fisch!"

„Aber Fische haben doch keine Ar…", sagt Olchi-Opa. Dann macht es blubb-blubb und noch mal blubb und von Olchi-Opa ist nichts mehr zu sehen. Er hat wohl eine tiefe Stelle im Wasser erwischt.

Die Olchis starren auf den Punkt, wo Olchi-Opa gerade noch gewesen ist. Leichte Wellen kräuseln sich da.

„Jetzt taucht er!", rufen die Olchi-Kinder. „Bravo, Opa! Sehr gut!"

„Nicht schlecht für den Anfang", sagt Olchi-Papa zufrieden.

Sie warten eine halbe Ewigkeit. Aber Olchi-Opa kommt nicht mehr hoch.

„Beim Krötenfurz, er hat das Fahrradöl dabei!", ruft Olchi-Oma. „Ich muss mich doch noch eincremen!"

Olchi-Papa taucht unter, um Olchi-Opa nach dem Fahrradöl zu fragen.

Kurz danach taucht er wieder auf, mit Olchi-Opa im Arm. Der hustet und prustet und schnieft und trieft.

„Super, Opa, das war schon viel besser als zu Hause!", rufen die Olchi-Kinder.

Sie legen den röchelnden Opa in den Sand. Olchi-Opa spuckt eine Menge Wasser.

Und nicht nur Wasser kommt aus dem Opa,
sondern auch ein schöner roter Seestern,
eine Muschel, ein kaputter Kuli und ein alter
Schuh.
„Ich weiß gar nicht, was ihr immer habt mit
eurer Schwimmerei", sagt Olchi-Opa. „Ich
kann da nichts dran finden."

4. Olchi-Baby in Gefahr

Die Olchis machen ein schönes Lagerfeuer und spießen den Schuh, den Olchi-Opa „gefangen" hat, auf einen Stock. Sie salzen ihn mit leckerem Sand und braten ihn, bis er richtig schön verbrannt ist. Leider haben die Kinder keinen rechten Appetit. Sie sind schon satt vom vielen Sand.
„Das kommt davon, wenn man vor dem Essen immer nascht", sagt Olchi-Oma.

Nach dem Essen spielen die Olchi-Kinder
Weitwerfen mit Olchi-Papas Bordstein.
Doch sie werfen ihn so weit ins Meer, dass
sie ihn nicht mehr wiederfinden.
Olchi-Papa ist deshalb ziemlich sauer.
„Mir reicht's jetzt", sagt er. „Beim pampigen
Mäuserich! Ich will zurück nach Hause. Zu
viel von der frischen Luft ist nun auch wirklich
nicht gesund."

Als der Drache hört, dass er schon wieder heimfliegen soll, fängt er an zu weinen. Er hat inzwischen mit dem kleinen roten Seestern Freundschaft geschlossen und sie spielen zusammen im Sand.

Olchi-Mama sagt: „Du musst nicht weinen, mein Feuerstühlchen. Du kannst deinen kleinen Freund doch mit nach Hause nehmen."

Sie streichelt dem Drachen die feuerheiße Nase.

Da schluckt Feuerstuhl den Seestern einfach hinunter. Er denkt: So weiß ich immer, wo er ist, und ich kann ihn nicht verlieren.

Die Olchis packen ihre Siebensachen wieder in den Koffer und setzen Flutschi, die Fledermaus, zurück in den Käfig. Olchi-Baby fängt an zu weinen, weil es auch zu Flutschi in den Käfig will.

Also stecken sie auch Olchi-Baby in den Käfig und dann klettern alle auf Feuerstuhls Rücken.

„Spotz-Rotz!", schreit Olchi-Papa und Feuerstuhl donnert los.

Kurz nach dem Start macht der Drache einen
Looping. Olchi-Mama schreit erschrocken
auf. „Krötenfurz!" Der Käfig mit Olchi-Baby
und der Fledermaus ist ihr aus der Hand
gerutscht und stürzt nun in die Tiefe.

„Ich konnte sie nicht mehr halten!", ruft Olchi-
Mama.

Die Olchis sind zu Tode erschrocken. Der
Käfig mit Flutschi und Olchi-Baby saust wie
ein Stein durch die Luft.

Feuerstuhl hat die Gefahr bemerkt und
in rasender Fahrt düst er nach unten. Sie
müssen den Käfig auffangen, bevor er auf
dem Wasser aufschlägt!

„Mein Baby! Mein Baby!", schreit Olchi-
Mama. Noch nie im Leben hat sie solche
Angst gehabt!

Feuerstuhl gibt sich die größte Mühe.
Er knattert und kracht, als würde er gleich
explodieren.

44

„Wir kommen!", schreit Olchi-Opa. „Windiger Kröterich! Wir retten dich!"
Doch es ist zu spät. Der Käfig klatscht ins Meer.
„Sie ertrinken!", rufen die Olchi-Kinder. Da stößt Olchi-Opa seinen allerschrecklichsten Olchi-Fluch aus: „Grindiger Stinkstiefelfurz-Schleime-Schlamm-und-Käsefuß!"
Blitzschnell lässt er sich von Feuerstuhls Rücken fallen.

„Ich bin schon da!", schreit er und platscht direkt neben Olchi-Baby ins Meer. Er erwischt den Käfig gerade noch, bevor der im tiefsten Ozean versinkt. Mit der einen Hand zieht er den Käfig mit sich und mit der anderen Hand kämpft er wie ein Wilder gegen die Wellen.

Inzwischen ist Feuerstuhl auf dem Wasser gelandet. Er sieht aus wie ein großes grünes Schiff.

„Bravo, Ooopaaa!", rufen die Olchis. „Guckt nur! Opa schwimmt! Olchi-Opa schwimmt!"
Olchi-Opa hat den Käfig mit Flutschi und dem Baby jetzt fest im Arm. Nach ein paar kräftigen Schwimmstößen hat er Feuerstuhl erreicht.

Er kneift die Augen zusammen, die vom
Salzwasser brennen, und spuckt einen
Schwall Wasser über die Olchis. Die ziehen
ihn hoch auf den Rücken des Drachen und
Olchi-Mama fällt Olchi-Opa um den Hals.
„Bei meiner staubigen Stinkersocke!", ruft sie.
„Du hast mein Baby gerettet!"
Alle sind vor Freude ganz aus dem
Häuschen. Sie küssen sich auf ihre Knubbel-
nasen und Olchi-Baby wird vor Begeisterung
fast erdrückt.
„Du bist geschwommen wie ein Fisch", sagt
Olchi-Oma stolz und lacht.
Sie schüttelt den Zottelkopf, dass ihre langen
Haare scheppern.
„Hab ja auch lange genug geübt, oder nicht?"
Olchi-Opa schmunzelt.
Er zupft sich einen kleinen Fisch aus den
Haaren und wirft ihn zurück ins Meer.
Feuerstuhl lässt ein Zischen ertönen wie
ein Dampfkessel. Das ist das Zeichen zum
Aufbruch.

„Keine Loopings mehr! Flieg gefälligst normal!", ermahnen ihn die Olchis. Olchi-Mama hält ihr Baby jetzt ganz besonders fest.

Der Drache knattert durch die Wellen wie ein Motorboot. Er wird immer schneller. Schließlich hebt er zischend ab und steigt hoch in den Himmel.

5. Wieder daheim

Als die Olchis wieder zu Hause in ihrer
Olchi-Höhle sind, backt Olchi-Mama für alle
einen leckeren Olchi-Kuchen. Hier ist das
Rezept:

15 faule Eier mit Schale
100 Gramm Reißnägel
1 Dose Seifenlauge
3 Fischgräten im Ganzen
1 Liter Essig
1 bis 2 Esslöffel Benzin
(bleifrei)

Das alles gut durchmischen und dann eine
Tube Kleber langsam in den Teig drücken.
Das Ganze fünf Stunden in den Ofen.
Wenn es kohlschwarz verbrannt ist, mit
klein geschnittenen Schuhbändern garnieren
und mit gekühltem Spülwasser beträufeln.
Die Olchis schmatzen und rülpsen.

Die Olchi-Kinder hüpfen beim Essen
kreischend auf den Tisch und lachen. Olchi-
Opa und Olchi-Papa werfen ihre Kuchen-
stücke hoch in die Luft und versuchen, sie
mit dem Mund aufzufangen.
„Wie fön iffef wieder fu Haufe!", sagt Olchi-
Mama. Sie kann mit vollem Mund nicht
besonders gut sprechen.

„Zum Nachtisch hab ich für alle noch ein schönes Stück Schmierseife!", sagt Olchi-Mama.
Sie legt einen alten Gummiball ins Feuer, und bald qualmt und stinkt es in der ganzen Höhle, dass es eine wahre Freude ist.
„War das ein anstrengender Tag!", sagt Olchi-Papa und gähnt.

Er legt sich in die alte Obstkiste und schon fallen ihm die Augen zu. Olchi-Oma legt noch einmal ihre Lieblingsplatte auf und steckt den Kopf ganz tief in den Grammofon-Trichter. So kann sie sich am besten entspannen.

Olchi-Opa ist schon längst am Tisch eingenickt. Im Schlaf bewegt er die Arme, als würde er schwimmen. Das sieht sehr lustig aus. Die Olchi-Kinder haben es sich in ihrer Obstkiste gemütlich gemacht.

Inzwischen ist es Nacht geworden und der Mond leuchtet am Himmel wie ein Lampion. Doch das ist den Olchis ziemlich egal. Sie schlafen dann, wenn sie müde sind, ganz gleich, ob es nun Nacht ist oder Tag.

Olchi-Mama hat ihr Olchi-Baby im Arm und geht noch einmal zum Höhlen-Eingang. Sie zieht den dicken Vorhang zu, damit es beim Schlafen auch richtig stickig ist.

Dann löscht sie das Feuer, deckt die Olchi-Kinder mit einer Zeitung zu und klettert zu Papa in die Kiste.

Wenig später hört man in der Höhle die sieben Olchis schnarchen, so laut wie ein Sägewerk.

Finde das Lösungswort und komm in Lunas Lesewelt im Internet!

Die Olchis hören

F nicht so gut.

S Ameisen husten.

Olchi-Opa und Olchi-Oma

A freuen sich aufs Meer.

T finden das Meer blöd.

Für das Baby packen sie die

R Schlange Alfred ein.

Ratte Anton ein.
L

Lunas Leserätsel

Luna  Leseprofi

Weil Olchi-Baby plärrt, bekommt es

S einen Kauknochen.

A eine Plastikflasche.

Die Olchis cremen sich mit

N Fahrradöl ein.

C Sonnenmilch ein.

Olchi-Opa ist geschwommen wie ein

D Fisch.

H altes Fass.

LÖSUNGSWORT:

Und jetzt? Blättere um ... ➜

Hallo, ich bin Luna Leseprofi!

Hat dir mein Leserätsel Spaß gemacht? Mit dem **LÖSUNGSWORT** gelangst du in meine Lesewelt im Internet: www.LunaLeseprofi.de Dort warten noch mehr spannende Spiele und Rätsel auf dich!

Viel Spaß dabei wünscht

Luna Leseprofi

Lesespaß für Leseanfänger

Das didaktische Konzept zu **Büchersterne**
wurde mit Prof. Dr. Manfred Wespel, Pädagogische Hochschule
Schwäbisch Gmünd, entwickelt.

Die Olchis sind da
ist auch als szenische Lesung (CD)
erschienen

Überarbeitete Neuausgabe

Titelbild und farbige Illustrationen von Erhard Dietl
Einband- und Reihengestaltung von Manuela Kahnt,
unter Verwendung der Sternvignetten von Heike Vogel
Reproduktion: Domino Medienservice GmbH, Lübeck
Druck und Bindung: Mohn Media GmbH, Gütersloh
Printed 2015
ISBN 978-3-7891-2335-1

www.olchis.de
www.oetinger.de
www.buechersterne.de